CATALOGUE

D'UNE COLLECTION

D'ANTIQUITÉS

Grecques et Égyptiennes

DE

MONNAIES

ROMAINES, GRECQUES, FRANCAISES ET ÉTRANGÈRES

En Or, Argent et Bronze

DONT LA VENTE AUX ENCHÈRES PUBLIQUES AURA LIEU

HOTEL DES COMMISSAIRES-PRISEURS

Rue Drouot, n° 5

SALLE N° 6

Le Mardi 12 Mai 1863, à une heure et demie.

Me **DELBERGUE-CORMONT**, Commissaire-Priseur,
rue de Provence, 8,

Assisté de MM. **ROLLIN** et **FEUARDENT**, Experts,
rue Vivienne, 12,

CHEZ LESQUELS SE DISTRIBUE LE PRÉSENT CATALOGUE.

Exposition publique de midi à une heure et demie.

PARIS

RENOU & MAULDE

IMPRIMEURS DE LA COMPAGNIE DES COMMISSAIRES-PRISEURS
Rue de Rivoli, 144.

—

1863

CATALOGUE

D'UNE COLLECTION

D'ANTIQUITÉS

Grecques et Egyptiennes

DE

MONNAIES

ROMAINES, GRECQUES, FRANCAISES ET ÉTRANGÈRES

En Or, Argent et Bronze

DONT LA VENTE AUX ENCHÈRES PUBLIQUES AURA LIEU

HOTEL DES COMMISSAIRES-PRISEURS

Rue Drouot, n° 5

SALLE N° 6

Le Mardi 12 Mai 1863, à une heure et demie.

M⁰ DELBERGUE-CORMONT, Commissaire-Priseur,
rue de Provence, 8,

Assisté de **MM. ROLLIN et FEUARDENT**, Experts,
rue Vivienne, 12,

CHEZ LESQUELS SE DISTRIBUE LE PRÉSENT CATALOGUE.

Exposition publique de midi à une heure et demie.

PARIS

RENOU & MAULDE

IMPRIMEURS DE LA COMPAGNIE DES COMMISSAIRES-PRISEURS
Rue de Rivoli, 144.

1863

CONDITIONS DE LA VENTE

Elle sera faite au comptant.

Les Acquéreurs paieront, en sus des adjudications, CINQ CENTIMES par franc applicables aux frais.

Les morceaux d'antiquité égyptienne n'ont sans doute pas, généralement, cette *noblesse* de forme de la belle époque grecque, que nous recherchons et qui nous sert de modèle ; mais plusieurs de ces morceaux ont un caractère que nous pouvons appeler élégant et gracieux sans faire d'efforts contre nos conventions. Ajoutons que tous ces petits monuments qui rappellent un peuple et une civilisation desquels tout découle, peut-on dire, tous ces vases, ces statuettes et amulettes qui datent de 2, 3 et 4,000 années avant Jésus-Christ, font rêver malgré soi et apportent une sorte de charme indéfinissable. Pour se rendre bien compte de cette antiquité prodigieuse, il faut se dire que l'Égypte avait construit ses Pyramides depuis 1,500 ans, et avait traversé déjà plusieurs de ses époques d'élégance, de grandiose et de relâchement, que les Grecs n'étaient encore qu'aux temps que nous appelons fabuleux. Aussi, Champollion traitait-il de *modernes* toutes les antiquités grecques.

Disons aussi que quelque vaste que soit le champ

où l'on cherche, la mine s'épuise, comme l'or en
Californie : l'exportation des antiquités est interdite
en Égypte ; les fouilles ne s'y font plus qu'en vertu
d'une autorisation spéciale du gouvernement, qui,
en outre, se réserve de conserver ce qui lui convient,
c'est-à-dire ce qui a des qualités ou de l'importance.
Aussi, les antiquités sont-elles devenues rares et
chères en Égypte. *Un fait bien certain*, par exemple,
et rapporté par tous les voyageurs qui ont récemment
visité ce pays, est qu'un simple et petit scarabée, *en
terre émaillée*, ne s'y vend pas moins de 10, 15 et
20 francs, et même, s'il est *joli* ou possède un cartouche royal, 25 francs.

DÉSIGNATION

BRONZES

1. Osiris debout, dimension rare : 27 cent. 1/2 de hauteur.
2. Id., 20 centimètres.
3. Id., très-petit.
4. Déesse debout, coiffure rare.
5. Pharaon agenouillé, beau caractère : 13 cent. 1/2.
6. Horus assis, très-grande finesse : 15 cent.
7. Horus debout : 9 cent.
8. Prêtre assis, déroulant un papyrus; grande finesse : 12 cent. 1/2 (Imouthès).
9. Pharaon coiffé d'un disque et d'un globe, rare : 15 cent.
10. Bœuf Apis : 9 cent.
11. Bœuf Apis, sur son piédestal de bois antique.
12. Petit chat, sur son piédestal de bronze.
13. Autre chat : 7 cent.
14. Ibis. (Les oiseaux sont rares.)
15. Épervier.
16. Figure gnostique, surchargée d'emblèmes.
17. Autre figurine, à peu près semblable.
18. Isis allaitant Horus, assise dans son fauteuil et sur son piédestal de bois antique; rare dans ces conditions : 10 c.
19. Autre Isis, dans son fauteuil antique. Devant elle, un petit personnage agenouillé : 18 cent.
20. Autre Isis, yeux d'argent, légende sur le socle; magnifique exemplaire : 24 cent.
21. Phta, debout : 8 cent 1/2.

22. Pacht à tête de chat sur un corps humain, possédant le cystre, l'égide et le panier. Fort rare aussi complet : 8 cent.
23. Ammon debout : 16 cent.
24. Autre Ammon, plus petit.
25. Ammon *générateur* : 13 cent. 1/2.
26. Statuette funéraire debout, avec le Pchent, sans plumes et les mains vides : 15 cent.
27. Anubis à tête de chacal, sur corps humain : 8 cent. 1/2.
28. Ichneumon ou rat de Pharaon. Très-rare. Ce morceau est d'autant plus intéressant qu'il est soudé à une boîte en bronze qui, évidemment, n'a pas été ouverte et qui peut renfermer quelques curiosités.
29. Horus debout, fragmenté, et buste funéraire d'un beau caractère.
30. Typhon, Apis, Ibis, deux têtes humaines, un bras ; fragmentés.
31. Vase à libations, avec la barque, les chacals, les serpens, l'Apis, les Adorations et longue suite de dieux, y compris l'Ammon *générat. r* : 14 cent. 1/2.
32. Autre vase, plus petit.
33. Déesse assise, bras fragmentés.
34. Miroir possédant son rare manche d'ivoire.
35. Nofré-Atmou coiffé du lotus, assez rare.
36. Chat recouvrant quelque momie ou quelque curiosité non fouillée encore, sur un piédestal antique : 14 cent. 1/2.

BOIS

37. Un petit temple s'ouvrant par une porte à deux battants.

38. Trois statuettes en gaîne, l'une avec des hiéroglyphes peints; l'autre hiéroglyphes gravés; la troisième, recouverte en partie d'une pâte dorée avec fragments d'hiéroglyphes.

39. Deux autres statuettes : hiéroglyphes peints et gravés également.

40. Osiris debout, doré; rare.

41. Isis assise allaitant Horus. Osiris assis.

42. Statuettes de diverses formes, entières ou fragmentées. Deux roseaux et styles de bois servant à peindre les paupières. Dix pièces.

43. Isis accroupie, coiffée d'un trône. Un chat.

44. Isis allaitant Horus, assise.

45. Statuette royale, coiffée du Pchent.

46. Chat sur son piédestal antique.

47. Les quatre statuettes funéraires, à tête humaine, de singe, de chacal, d'épervier; assez rares, ainsi réunies.

TERRE CUITE & TERRE ÉMAILLÉE

48. Scarabée avec le cartouche de Thoutmosis II sur le plat.

49. Long cachet de forme conique, se terminant par un diamètre de 7 centimètres et ayant servi à sceller les magasins royaux de Thoutmosis III, dont le cartouche se lit sur la légende.

50. Deux scarabées présentant le cartouche du même Thoutmosis III, en forme variée.

51. Autre scarabée avec le même cartouche et autre scarabée ayant celui de Thoutmosis IV.

52. Autre scarabée ayant le cartouche de Thoutmosis IV.

53. OEil divin possédant sur le plat le cartouche d'Améno-
phis III, le *Memnon* qui donne son nom à la si célèbre
statue qui est à Thèbes.

54. Scarabée ayant sur le plat le cartouche de Rhamsès
Sésostris.

55. Cystre ayant au sommet la tête d'Hator aux oreilles de
vache, et sur le manche les cartouches d'un Psammé-
ticus, fragmenté, mais formant *un tout* assez rare.

56. Scarabées possédant tous des hiéroglyphes sur le plat.
Ce lot sera divisé.

57. Deux petits vases à grosse panse et long cou, réunis
sous une anse unique.

58. Isis debout ; figurine d'une extrême finesse.

59. Pacht à tête de chat, assise. Isis allaitant, assise. Singe
accroupi.

60. Anubis (tête de chacal). Thot (tête d'ibis).

61. Phta-Chnouphis (tête de bélier).

62. Thouéris à tête d'hippopotame. Maou agenouillé.
Chnouphis.

63. Singe. Uréus (bon serpent). Lion accroupi.

64. Ammon assis, avec légende au dos. Pacht assise. Isis
assise. Épervier.

65. Typhon enfant. Typhon barbu, coiffé de plumes.

66. Six figurines diverses.

67. Neuf figurines.

68. Huit figurines funéraires, avec ou sans légendes peintes
ou en creux.

69. Un dé, deux bagues dans un vase.

70. Diverses amulettes dans un vase.

71. Nephtis : belle dimension. Horus nu. Rares.

72. Petite plaque bas-relief, présentant une triade à figure
humaine se tenant par la main.

73. Isis assise. Émail de deux couleurs, fort belle quoique
les bras manquent.

74. Grand nombre de vases égyptiens, grecs et romains.
Ce lot sera divisé.

75. Fioles, coupes, etc., en verre.
    Ce lot sera aussi divisé.
76. Lampes grecques et romaines.
    Ce lot sera également divisé.
77. Fragments de bas-reliefs.
78. Figurines, têtes et fragments.
    Ce lot sera divisé.

OBJETS DIVERS

79. Deux bagues en or, sans importance.
80. Quatre bagues en bronze.
81. Sandales. Petit crocodile desséché.
82. Trois petites peintures or et couleur sur carton toile.
83. Deux autres petites peintures, sur carton toile.
84. Fragments de statuettes égyptiennes en pierre.
85. Un vase d'albâtre de forme allongée et encore fermé
    par les hommes ou par le temps, tel qu'il a été trouvé
    dans un caveau.
86. Autres vases d'albâtre.
    Ce lot sera divisé.
87. Osiris, soutenu par une personnage fragmenté; taillé
    dans une pierre serpentine gravée d'hiéroglyphes.
88. Longue bandelette de toile, couvertes d'hiéroglyphes et
    figures.
89. Autre bandelette plus petite.
90. Isis, Thot, Phré (à tête d'épervier), serpent, 2 clés du
    Nil, en lapis.
91. Isis, Phré, en lapis.
92. Scarabée à tête d'oiseau en lapis. Rare.
93. Typhon, 2 clés du Nil, en cornaline.
94. Phré accroupi, en feld spath vert ou racine d'émeraude.
95. Niveaux, équerres en hématite. Quelques amulettes en
    pierres dures dans un petit vase.

96. Quatre scarabées sans plat, en lapis. hématite, porphyre
    noir et blanc, silex.
97. Une boîte de momie en bois et légendes.
98. Autre, en bois également, fort remarquable.
99. Objets omis.

MONNAIES & MÉDAILLES

100. 161 pièces d'Egypte, Alexandrie, romaines et grecques,
     bysantines, en bronze et en potin.
101. Un tiers de sol d'or d'Héraclius, un demi-sol de Focas,
     un tetradrachme de Ptolémée-Soter, une drachme
     d'Alexandre le Grand. 4 pièces.
102. Aureus d'Antonin-le-Pieux. Tête à G. ℞. cos IIII. L'em-
     pereur debout.
103. Deux aureus d'Antonin-le-Pieux. Tête à droite. ℞.
     l'équité debout, la piété debout.
104. Faustine mère. ℞. Æternitas. Femme debout. Deux
     aureus.
105. Verus. Tête à G. ℞. *Vic. Par.* La Victoire debout. Au-
     reus.
106. Verus. Tête à droite. ℞. *Armenia.* L'Arménie assise aux
     pieds d'un trophée. Aureus.
107. Un sol d'or de Focas.
108. Un lot de consulaires en argent.
109. Un lot d'impériales romaines. AR.
110. Un lot d'impériales romaines. Billon.
111. Un lot de grands bronzes romains.
112. Un lot de moyens bronzes romains.
113. Un lot de petits bronzes romains.
114. Un lot de grecques, as romains et bysantines en bronze.
115. Un lot de monnaies royales de France en argent.
116. Un lot de monnaies royales de France en billon.

117. Un lot de monnaies seigneuriales en billon.

118. Un lot de monnaies étrangères en billon.

119. Un lot de monnaies et jetons en bronze de tout pays.

120. Un lot de médailles du XVIIᵉ siècle et modernes en
bronze et étain.

121. Six manuscrits.

1° Sept grandes vignettes, nombreux entourages et
lettres.

2° Onze grandes vignettes, entourage à presque toute
les pages, nombreuses vignettes dans le texte, fleurs,
animaux fantastiques, etc.

3° Lettres ornées, couverture en velours avec fer-
moir, et ornée de cinquante pierres de couleur et pierres
gravées.

122. Un médailler en acajou à vingt tiroirs munis de leurs
cartons.

COLLECTION AFRICAINE

**Dont toutes les pièces ont été recueillies dans l'Afrique du Nord
par le vendeur, M. KRASKY.**

MÉDAILLES

123. Pièces puniques, phéniciennes, grecques, romaines,
bysantines et cufiques.

PIERRES

124. Trente-huit pierres gravées et non gravées, puis débris de mosaïque, trouvés à Carthage.

125. Vases, idoles et urnes funéraires, au nombre de soixante-six.

126. Une tête en marbre blanc, trouvée dans les ruines de Carthage.

127. Un glaive d'une grandeur remarquable, trouvé aussi à Carthage.

128. Collection d'algues et de polypes de la côte africaine.

129. Une espèce de lézard, probablement Orbon, deux scorpions, exemplaires remarquables.

Éventails de plumes d'autruches avec broderies en or, faits par les nègres.

Paniers en feuilles de dattes.

130. Objets du moyen âge, trouvés près Monastéra à la côte de l'Afrique du nord : Représentation d'un temple en albâtre blanc : Sonnette. Flagellation de Jésus-Christ, l'inscription : Gaudet Roma.

Renou et Maulde, imprimeurs de la Compagnie des Commissaires-Priseurs, rue de Rivoli, 144.   22757

MIRE ISO N° 1
NF Z 43-007
AFNOR
Cedex 7 – 92080 PARIS-LA-DÉFENSE

graphicom
379.89.70

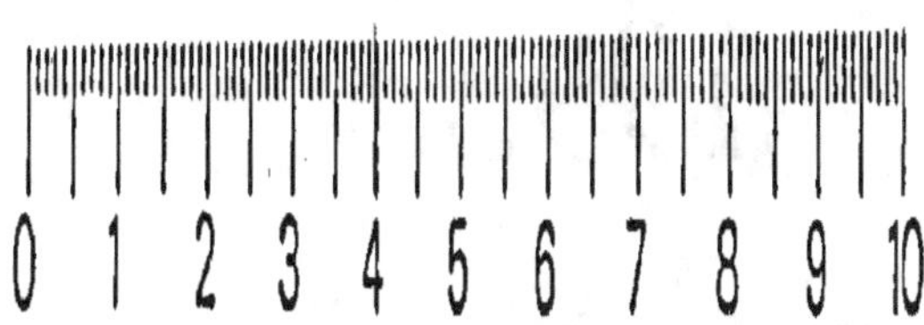